1868. 22. Mai

CATALOGUE

DE

BEAUX LIVRES

ANCIENS ET MODERNES

Reliés par les premiers relieurs de Paris

QUATRIÈME PARTIE

DONT LA VENTE SE FERA

Le Vendredi 22 Mai 1868

A L'HOTEL DES COMMISSAIRES-PRISEURS

RUE DROUOT, N° 5, SALLE N° 4

A 2 heures très-précises de relevée

Par le ministère de Me **DELBERGUE-CORMONT**, commissaire-priseur,
8, rue de Provence

Les ouvrages portent, à l'exception de quelques-uns, sur la reliure, les armes ou le chiffre du propriétaire.

PARIS
LIBRAIRIE TROSS
5, RUE NEUVE-DES-PETITS-CHAMPS, 5

1868

Paris, Imprimerie Jouaust, rue Saint-Honoré, 338.

CONDITIONS DE LA VENTE.

—

Les adjudicataires payeront, en sus des adjudications, cinq centimes par franc, applicables aux frais.

Les livres vendus devront être collationnés sur place dans les vingt-quatre heures. Passé ce délai ou une fois sortis de la salle de vente, ils ne seront repris pour aucune cause.

Il y aura exposition publique le vendredi **22** *mai (jour de la vente), de une à trois heures.*

CATALOGUE

DE

BEAUX LIVRES

ANCIENS ET MODERNES

QUATRIÈME PARTIE

---

1. **Aulnoy** (Marie Cath. Le Jumel de Berneville, comtesse d'). Nouvelles Mémoires historiques. *Paris, Claude Barbin*, 1693. 2 vol. in-12, maroq. bl., tr. dor. (*Hardy-Mennil.*)

2. **Artagnan**. Mémoires de M. d'Artagnan, Capitaine-Lieutenant de la première compagnie des Mousquetaires du Roi, contenant quantité de choses particulières et secrètes qui se sont passées sous le règne de Louis-le-Grand. *Cologne, Pierre Marteau*, 1701. 3 vol. in-12, maroq. La Vall., tr. dor. (*Hardy Mennil.*)

3. **Beaumarchais.** La Folle Journée, ou le Mariage de Figaro. *De l'imprimerie de la Société littéraire typographique et à Paris*, 1785. In-8, fig., maroq. rouge, fil., tr. dor. (*David.*)

   Très-bel exemplaire en grand papier.

4. **Becker et Hefner.** Objets d'art et meubles de luxe du moyen âge et de la Renaissance. (Kunstwerke und Geraethschaften des Mittelalters. *Francfort*, 1852 et suiv. 3 vol. gr. in-4, maroq. br., fil., doublé de moire, tr. dor. (*Hardy-Mennil.*)

Magnifique ouvrage, avec planches coloriées et rehaussées d'or. Exemplaire pour lequel on a imprimé des titres et une table en français.

5. **Bernard.** Geoffroy Tory, peintre graveur, premier imprimeur royal, réformateur de l'orthographe et de l'imprimerie sous François Ier, par Auguste Bernard. Deuxième édition entièrement refondue, VIII et 412 pages. *Paris*, 1865. In-8, fig. en bois, d.-rel. mar. rouge, non rog., tête dor. (*Hardy-Mennil.*)

Exemplaire en grand papier de Hollande.

6. **Bible en figures.** L'histoire du Vieux et du Nouveau Testament; avec des explications édifiantes, tirées des saints Pères, pour régler les mœurs dans toute sorte de conditions. Dédié à Mgr le Dauphin par le sieur de Royaumont. *Suivant la copie imprimée à Paris chez Pierre le Petit*, 1680. Pet. in-8, fig. à mi-page, maroq. La Vall., dos orné, fil., tr. dor.

Exemplaire beau d'épreuves et grand de marges. 151 millim. sur 71 millim.

7. **Bossuet.** Discours sur l'histoire universelle. *Paris, Seb. Mabre-Cramoisy*, 1681. In-4, maroq. vert, fil., tr. dor. (*Hardy-Mennil.*)

Edition originale.

8. **Bouchet** (Jean). Les Angoysses et remedes damours. Du Traverseur, en son adolescence. *Imprime a Poictiers le huytiesme iour de Janvier* 1536, *par Jehan et Enguilbert de Marneff frères*. 4 ff. lim., 121 pages et 1 feuillet pour le privilége. — Le Iugement poetic de l'honneur feminin et seiour des illustres, claires et honnestes Dames, par le Trauerseur. *Imprime à Poictiers le premier d'Auril* 1538 *par Jehan et Enguilbert de Marneff freres.* 24 ff. limin. et 96 ff. chiffr., gravures en bois. 2 vol. en un, pet.

in-4, goth., v. ant. à comp. (*Première reliure avec le chiffre B. G. V.*)

Exemplaires magnifiques avec témoins.

9. **Bouchet.** Les Serées de Guillaume Bouchet, sieur de Broncourt. *Lyon, P. Rigaud*, 1614. 3 tomes en 1 vol., pet. in-8, maroq. brun dent., doublé de moire, tr. dorées. (*Hardy-Mennil.*)

Très-bel exemplaire presque non rogné, dont les trois volumes sont de la même date et à l'adresse du même libraire.

10. **Bouillon.** Mémoires de la vie de Frédéric Maurice de la Tour d'Auvergne, duc de Bouillon, avec quelques particularitez de la vie et des mœurs de Henri de la Tour d'Auvergne, vicomte de Turenne. *Paris, Trabouillet*, 1692. In-12, maroq. bleu, fil., tr. dor. (*Hardy-Mennil.*)

11. **Brienne.** Mémoires du comte de Brienne, ministre et premier secrétaire d'État, contenant les événements les plus remarquables du règne de Louis XIII et de celui de Louis XIV jusqu'à la mort du cardinal Mazarin. *Amsterdam, F. Bernard*, 1719. 3 vol. in-8, maroq. vert, fil., tr. dor. (*Hardy-Mennil.*)

12. **Brunet.** Imprimeurs imaginaires et libraires supposés. Étude bibliographique, suivie de recherches sur quelques ouvrages imprimés avec des indications fictives de lieux ou avec des dates singulières, par Gustave Brunet. *Paris*, 1866. In-8, d.-rel. maroq. rouge, non rog., tête dor. (*Hardy-Mennil.*)

Exemplaire en papier de Hollande.

13. **Bruscambille.** Ses fantaisies. Contenant plusieurs discours, paradoxes, harangues et prologues facecieux. *Paris, Jean Millot*, 1615. Pet. in-8, front. grav., maroq. rouge, fil., tr. dor. (*Hardy-Mennil.*)

14. **Calendrier** (Le Grant) et compost des Bergiers, compose par le berger de la grât môtaigne, auquel sont adjoustez plusieurs nouvelles figures et tables. *Nouvellement imprimé à Pa-*

ris par la veufve feu Jehan Trepperel. (*Calendrier* 1518-1552.) Pet. in-4, goth., fig. en bois, maroq. brun, tr. dor. (*Duru.*)

Très-bel exemplaire. Une grande partie du texte est en vers.

15. **Cartier.** Bref recit et succincte narration de la navigation faite en 1535 et 1536 aux Iles de Canda, Hochelaga, Saguenay et autres, réimpression figurée de l'édition de 1545..., précédée d'une brève et succincte introduction historique par M. d'Avezac. *Paris, Tross*, 1863. Pet. in-8, maroq. bleu, fil., doublé de moire, tr. dor. (*Hardy-Mennil.*)

Exemplaire sur papier vélin de Whatman à la cuve.

16. **Catinat.** Mémoires pour servir à la vie de Nicolas Catinat, maréchal de France. *Paris, Duchesne*, 1775. In-12, maroq. vert, fil., tr. dor. (*Hardy-Mennil.*)

Relié sur brochure.

17. **Celestina.** Tragicomedia de Calisto y Melibea, en laqual se contienen de mas de su agradable y dulce estilo muchas sentencias filosofales y auisos muy necessarios para mancebos : mostrandoles los enganos qui estan encerrados en sirvientes y alca huetas. *Fue impresso en Enueres, en casa de Martin Nucio, s. a.* (vers 1540). Pet. in-12, goth., maroq. vert, fil., tr. dor. (*Niedrée.*)

Édition de la plus grande rareté.

18. **Celestina.** Segunda comedia de la famosissima Celestina, en laqual se trata de la Resurrection de la dicha Celestina : y de los amores de Felides y Polâdria, corregida y emendada por Domingo de Gatzelu. A la fin : Esto libro presente agradable a todas las estranas naciones fue en esta inclita *ciudad de Venezia reimpresso por Maestro Estephano da Sabio esto ano del Senor del* 1536. Pet. in-8, goth., fig. en bois, maroq. rouge, plats ornés, tr. dor. (*Duru.*)

Volume encore plus rare que le précédent. Ex. de Ch. Nodier.

19. **Cervantes.** Les principales avantures de l'admirable Don

Quichotte, représentées en figures, par Coypel, Picart le Romain et autres habiles maîtres. *La Haye, P de Hondt*, 1746. Gr. in-4, maroq. vert, fil., doublé de moire, tr. dor. (*Hardy-Mennil.*)

Très-bel exemplaire en grand papier.

20. **Commines.** Chronique et hystoire faicte et composee par feu messire Philipppe de Commines, chevalier seigneur Dargenton, contenant les choses aduenues durant le regne du roy Loys unziesme, tant en France, Bourgongne, Flandres, Arthoys, Angleterre, que Espaigne et lieux circonuoisins. *Acheuee d'imprimer le XII iour du moys Dauril* 1526, *par Claude Nourry, dit le Prince, demourant a Lyon.* In-fol., goth., maroq. La Vall. à compart. de maroq. amaranthe, chiffres entrelacés, doublé de maroq. rouge à riches comp., tr. dor. (*Hardy-Mennil.*)

Bel exemplaire rempli de témoins.

21. **Commines.** Chroniques du Roy Charles huytiesme de non (*sic*) que dieu absoille, contenant la verite des faictz et gestes dignes de memoire dud. seigneur, qu'il feist en son voyage de Naples, et de la conqueste dud. royaulme de Naples et pais adiacens. Et de son triumphant et victorieux retour en son royaume de France. *Acheuez dimprimer lan* 1529 *pour maistre Enguillebert de Marnef, librayre iure de l'uniuersité de Paris.* In-fol., goth., maroq. La Vall. à comp., doublé de maroq. r. à comp., tr. dor. (*Hardy-Mennil.*)

Même reliure que le numéro précédent. Ce volume complète les éditions antérieures de Commines, qui ne contiennent que six livres; celui-ci en forme le septième.

La reliure de chacun de ces deux volumes a coûté 450 fr.

22. **Corrozet** (Gilles). Hecatomgraphie, c'est-à-dire les descriptions de cent figures et hystoires, contenans plusieurs appophthegmes, proverbes, sentences et dictz tant des anciens que des modernes. *Paris, Denys Janot*, 1543. Pet. in 8, jolies gravures sur bois, maroq. brun à riches compartiments, doublé de

maroq. bleu, gardes en moire, tr. dor. (*Très-belle reliure de Hardy-Mennil.*)

Superbe exemplaire, presque non rogné.

23. **Danse macabre** (La Grande). Chorea ab eximio Macabro versibus alemannicis edita. Fac-simile de l'édition latine de 1490 exécuté par Adam Pilinski. *Paris*, 1868. Gr. in-fol., goth., fig. en bois, maroq. rouge, fil., tr. dor. (*Hardy-Mennil.*)

Exemplaire imprimé sur PEAU DE VÉLIN.

24. **Des Periers.** Les Nouvelles Récréations de Bonaventure Des Periers. Nouuelle édition. *Rouen*, *Raphael du Petit Val*, 1610. Pet. in-12, maroq. rouge, fil., tr. dor. (*Hardy-Mennil.*)

25. **Desportes.** Les Premières Œuvres de Philippe Desportes. *Paris*, *Mamert Patisson*, 1579. In-4, maroq. rouge, fil., tr. dor. (*Hardy-Mennil.*)

Exemplaire magnifique.

26. **Eloges** et discours sur la triomphante rentrée, reception du roy en sa ville de Paris, après la reduction de La Rochelle; accompagnez des figures tant des arcs de triomphe que des autres preparatifs. *Paris*, *Rocolet*, 1629. In-fol., fig. de Firens, Tavernier et Bosse, maroq. bleu, fil., tr. dor. (*Hardy-Mennil.*)

Très-bel exemplaire. On y trouve la belle planche historique, gravée par Abr. Bosse, et représentant les échevins de Paris haranguant le roi lors de son retour de La Rochelle.

27. **Entrée** (L') triomphante de leurs maiestez Louis XIV, roy de France et de Navarre, et Marie-Thérèse d'Austriche son espouse, dans la ville de Paris, capitale de leurs royaumes, au retour de la signature de la paix generalle et de leur heureux mariage. *Paris*, *Pierre le Petit*, 1662. In-fol., gravures par Jean Marot et autres, maroq. rouge, fil., doublé de moire bleue, tr. dor. (*Hardy-Mennil.*)

Très-bel exemplaire avec le portrait de Louis XIV.

28. **Fail** (Noël du). Les Contes et discours d'Eutrapel, par le feu seigneur de la Herissaye, gentilhomme breton. *Rennes, pour Noël Glamet de Quimpercorentin*, 1597. Pet. in-8, maroq. br., fil., doublé de moire. (*Hardy-Mennil.*)

Trés-bel exemplaire d'une édition non citée dans le Manuel.

29. **Fauchet** (Claude). Recueil de l'origine de la langue et poesie françoise, ryme et romans, plus les noms et sommaire des œuvres de 127 poetes françois viuans avant l'an 1300. *Paris, Mamert Patisson*, 1581. In-4, maroq. br., fil., tr. dor. (*Hardy-Mennil.*)

30. **Feuquière**. Mémoires de M. le marquis de Feuquière, lieutenant-général du roi. *Paris, Jombert*, 1775. 4 vol. in-12, fig., maroq. br., fil., tr. dor. (*Hardy-Mennil.*)

Relié sur brochure.

31. **Fossetier** de la glorieuse victoire divinemêt obtenue devât Pavie par Lêpereur Charles Quint de ce nom. Des isles et lieus q. il possesse en aphrique. Chant royal a la loêge dycelluy. *S. l. n. d.* (*Anvers*, 1525.) In-4, goth., maroq. rouge, fil., tr. dor.

Exemplaire sur PEAU DE VÉLIN. Réimpression exécutée avec de véritables caractères du XVe siècle, par Enschede à Harlem. Elle a été tirée à 25 exemplaires en tout.

32. **Fromment** (Ant.). Les actes et gestes merueilleux de la cité de Genève, nouuellement conuertie à l'Euangile... mis en lumière par Gustave Revilliod. *Genève, Fick*, 1854. In-8, mar. viol., fil., tr. dor. (*Hardy-Mennil.*)

Exemplaire sur papier vélin jaune.

33. **Graesse** (Th.). Trésor des livres rares et précieux, ou Dictionnaire bibliographique, contenant plus de cent mille articles de livres rares, curieux et recherchés. A—Z. *Dresde, Kuntze*, 1859-1867. 6 tomes en 7 vol., gr. in 4, d.-rel. maroq. La Vall., dos et coins, non rogn., tête dor. (*Hardy-Mennil.*)

Ouvrage dans le genre du Manuel de Brunet mais beaucoup plus complet. On a ajouté la première partie du supplément publié il y a peu de temps. La deuxième paraîtra prochainement; on peut se procurer cette partie dans notre librairie.

34. **Hefner-Alteneck** (Le Baron de). Costumes du moyen âge chrétien, d'après les monuments contemporains. *Francfort*, *Keller*, 1840. Un vol. de texte et trois vol. de pl. col., ensemble 4 vol. in-fol, maroq. brun, fil., doublés de moire, tr. dor. (*Hardy-Mennil.*)

Exemplaire du premier tirage. Magnifique ouvrage avec planches coloriées et rehaussées d'or, le plus beau que l'on ait publié jusqu'à présent sur ce sujet. Les planches sont au nombre de 420. L'ouvrage a été publié au prix de 1520 francs.

35. **Holbein**. Icones | Mortis | duodecim Imaginibus præter | priores | totidemque inscriptionibus præter epi- | grammata è Gallicis à Georgio Æmy- | lio in latinum versa, cumulatæ. *Basileæ*, 1554. Pet. in 8, maroq. rouge, fil., tr. dor. (*Hardy-Mennil.*) (*Bel exemplaire.*)

Cette édition, la dernière qui ait été tirée sur les bois originaux, contient 53 gravures; elle est la plus rare de toutes. Comme le tirage des planches est beau, il est à présumer qu'elle a été tirée sur des clichés.

36. **Imitation** de Jésus-Christ, traduite et paraphrasée en vers françois par P. Corneille. *Paris*, *Ballard*, 1665. Pet. in-8, fig., maroq. vert, tr. dor. (*Capé.*)

37. **Imitation** de Jésus-Christ, fidèlement traduite du latin par Michel de Marillac..., édition nouvelle, soigneusement revue et corrigée par M. S. de Sacy. *Paris*, *Techener*, 1860. In-12, pap. de Holl., mar. br., tr. dor. (*Hardy-Mennil.*)

38. **Joinville**. Histoire de saint Louis, par Jehan sire de Joinville. Les Annales de son regne, par Guil. de Nangis. Sa vie, ses miracles, par le confesseur de la reine Marguerite. *Paris*, *Imprimerie royale*, 1741. Gr. in-fol., maroq. brun, fil., doublé de moire rouge, tr. dor.

Très-bel exemplaire en grand papier.

39. **La Bruyère.** Les Caractères de Théophraste, avec les Caractères ou les mœurs de ce siècle, nouvelle édition par M. Coste. *Amsterdam*, *Changuion*, 1743. 2 vol. in-12, portrait, maroq. br., tr. dor. (*Hardy-Mennil.*)

Relié sur brochure.

40. **Le Maire des Belges.** Les Illustrations de Gaule et singularités de Troy, contenant trois parties avec lepistre du roy Hector de Troye (le Temple de Vénus et autres poesies). Le traicte de difference des scismes et des concilles, la vraye hystoire et non fabuleuse du prince Syach Ismael dict Sophy, etc. *Imprime a Lyon par Jacques mareschal*, 1524. 5 parties en 1 vol., gr. in-4, goth., fig. sur bois, maroq. br. à riches compartiments en or, doublé de maroq. bleu., gardes en moire, tr. dor. (*Magnifique reliure de Hardy-Mennil.*)

Exemplaire de la plus grande beauté, rempli de témoins.
M. Brunet ne cite pas cette édition.

41. **Malherbe.** Poésies, avec les observations de Ménage. *Paris*, *L. Billaine*, 1666. In-8, maroq. r., fil., tr. dor. (*Hardy-Mennil.*)

Bel exemplaire de la première édition donnée par Ménage.

42. **Marot.** Les Œuvres de Clément Marot de Cahors, valet de chambre du roy. Augmentées d'ung grand nombre de ses compositions nouuelles, par cy devant non imprimées. Le tout songneusement par luy mesme reueu et mieulx ordonné comme lon voyra cy apres. *Lyon*, *chés Estienne Dolet*, 1542. Pet. in-8, car. ronds, maroq. rouge à compart. mosaïque en couleurs, tr. dor. (*Hardy-Mennil.*)

Très-bel exemplaire dans une gracieuse reliure. Cette édition est, sous tous les rapports, plus précieuse que celle de 1538 publiée par le même éditeur. Elle est plus belle, plus rare, et surtout plus complète. L'exemplaire a été acquis le 3 novembre 1865 au prix de 836 francs, frais compris ; il a été relié depuis. La reliure a coûté 400 francs.

43. **Meliadus le Leonnoys.** Du present volume sont con-

tenus les nobles faictz darmes du vaillant roy Meliadus de Leonnoys. Ensemble plusieurs autres procsses de Cheualerie faictes tant par le roy Artus, Palamedes. le Morhoult d'Irlande, le bon cheualier sans paour Galehault le Brun, etc. *On les vend a Paris en la rue neufue nostre dame a lescu de France, par Denis Ianot*, 1532. In-fol., goth. à 2 col., mar. rouge, fil., tr. dor. (*Hardy-Mennil.*)

44. **Mémoires** de la regence de la reyne Marie de Medicis (par le duc d'Estrées). *Paris, Denys Thierry*, 1666. In-12, mar. rouge, tr. dor.

45. **Mémoires** secrets de la cour de France, contenant les intrigues du cabinet pendant la minorité de Louis XIV (par Rustaing de Sainct Jory). *Amsterdam, Girardi*, 1733. 3 vol. in-12, maroq. rouge, fil., tr. dor. (*Hardy-Mennil.*)

46. **Mémoires** secrets pour servir à l'histoire de Perse (France) (par Pecquet). *Amsterdam, aux dépens de la Compagnie*, 1746. Pet. in-8, maroq. bl., fil., tr. dor. (*Hardy-Mennil.*)

47. **Mespris** (Le) de la court, avec la vie rustique. Lamye de court. La parfaicte amye. La contreamye. Landrogyne de Platon. L'experience de l'amye de court, contre la contreamye. Complaincte d'une dame surprinse nouuellement damour. L'experience de maistre Paul Angier, cont. une briefue deffense en la personne de l'honneste Amant pour lamye de court contre la contreamye. *Paris, Guillaume Thiboust*, 1544. In-16, mar. rouge, fil., tr. dor. (*Hardy-Mennil.*)

Recueil de pièces en prose et en vers. Edition la plus complète.

48. **Montaigne.** Les Essais de Michel, seigneur de Montaigne, cinquiesme édition, augmentée d'un troisième livre et de six cens additions aux deux premières. *Paris, Abel l'Angelier* (1588). Gr. in-4, front. grav., maroq. rouge, fil., tr. dor. (*Hardy-Mennil.*)

Superbe exemplaire *en grand papier fort*. M. Brunet ne parle d'aucun exemplaire de ce genre.

49. **Montaigne.** Les Essais de Michel, seigneur de Montaigne. Édition exactement corrigée selon le vrai exemplaire : enrichi à la marge des noms des auteurs cités et de la version de leurs passages, avec la vie de l'auteur, plus deux tables. *Paris, J. Camusat*, 1635. Gr. in-fol., portrait, maroq. rouge doublé de moire bleue, fil., tr. dor. (*Hardy-Mennil.*)

Magnifique exemplaire *en très-grand papier ;* état non cité dans le Manuel de M. Brunet.

50. **Montaigne.** Les Essais de Michel, seigneur de Montaigne. *Amsterdam, A. Michiels*, 1659. 3 vol. in-12, portr., maroq. La Vall., fil., tr. dor. (*Hardy-Mennil.*)

Très-bel exemplaire, d'une hauteur de 154 millimètres. Un des plus grands connus.

51. **Montrésor.** Mémoires de Monsieur de Montrésor. Diverses pièces durant le Ministère du Cardinal de Richelieu. Relation de M. de Fontrailles, etc. *Leyde, Jean Sambix le jeune* (*Bruxelles, Foppens*), 1665. 2 vol. pet. in-12, maroq. vert, fil., tr. dor. (*Hardy-Mennil.*)

52. **Nicole.** Choix de petits traités de morale de Nicole..., édition revue et corrigée par M. Silvestre de Sacy. *Paris, Techener*, 1857. In-12, mar. br., tr. dor. (*Hardy-Mennil.*)

53. **Nouvelles** (Les Cent) nouvelles, contenant les cent histoires nouveaux, qui sont moult plaisans à raconter. *Cologne, P. Gaillard*, (*Hollande*), 1701. 2 vol. pet. in-8, fig. de Rom. de Hooghe, maroq. orange, fil., tr. dor. (*Hardy-Mennil.*)

Très-bel exemplaire, avec les gravures tirées à part.

54. **Pièces** fugitives pour servir à l'histoire de France, avec des notes historiques et géographiques (par le marquis d'Aubais et Menard). *Paris, Chaubert et Hérissant*, 1759. 3 vol. in-4, mar. rouge, fil., tr. dor. (*Hardy-Mennil.*)

55. **Pierrefleur.** Mémoires de Pierrefleur, grand banderet d'Orbe, où sont contenus les commencemens de la Réforme

dans la ville d'Orbe et au pays de Vaud (1530-61), publ. par A. Verdeil. *Lausanne, Martignier*, 1856. In-8, maroq. br., fil., tr. dor. (*Hardy-Mennil.*)

Exemplaire en papier de Hollande.

56. **Plinii** secundi liber illustrium virorum incipit. Incipit liber Sexti Ruffi consularis de historia romana ad Valentinianum I Augustum. In fine : *Sexti Ruffi : Viri consularis Valentiniano | Augusto de historia : Ro : Libellus finit : Sixtus. Ruesinger* (circa 1472). Pet. in-4, sans chiffr., récl. ni sign., mar. br. à comp. de maroq. noir, chiffres entrelacés, tr. dor. (*Hardy-Mennil.*)

Volume de la plus grande rareté ; très-irrégulièrement imprimé. Raccommodages. M. Brunet parle d'un feuillet de titre qui n'existe pas.

57. **Pluvinel.** Le maneige royal de M. de Pluvinel, embelly de plusieurs excellentes figures faictes au naturel et gravées en taille douce par Crispin de Pas le jeune, le tout reveu et corrigé par l'auteur même. *Imprimé à Paris aux dépens de Crispin de Pas le Vieux*, 1623. Gr. in-fol. obl., mar. br., fil., tr. dor. (*Hardy-Mennil.*)

Première édition, d'une excessive rareté.

58. **Pompadour.** L'Histoire de Madame la marquise de Pompadour, traduite de l'anglois (ou plutôt composée en français par Mlle Fauque, ex-religieuse). *Londres, aux dépens de S. Hooper, à la Tête de César* (*Hollande*), 1759. 2 part. en 1 vol., pet. in-8, maroq. rouge, fil., tr. dor. (*Hardy-Mennil.*)

Première édition, d'une très-grande rareté. Voir la longue note de Barbier II. (95-96.)

59. **Prevost** (L'abbé). Histoire de Manon Lescaut et des chevaliers Des Grieux. *Paris, Leclère*, 1860. 2 vol. in-18, fig., mar. orange, fil., tr. dor. (*Hardy-Mennil.*)

60. **Puysegur.** Mémoires de messire Jacques de Chastenet,

chevalier seigneur de Puysegur, donnez au public par M. du Chesne. *Suivant la copie de Paris, à Amsterdam, chez Alex. Wolfgang*, 1690. 2 tomes en 1 vol., pet. in-12, portr. et tableau généalogique, maroq. vert, fil., tr. dor.

61. **Rabelais**. Suite du Nouveau Panurge. Livre second. *La Rochelle, M. Gaillard, sans date*. In-12, maroq. rouge, fil., tr. dor. (*Hardy-Mennil.*)

Facétie de la plus grande rareté. Voir le Manuel de Brunet, tom. IV, 1069 et 1070.

62. **Regnard**. Les Œuvres de M. Regnard. *Paris, P. Ribou*, 1705. 2 vol. in-12, fig., maroq. rouge, fil., doublé de moire verte, tr. dor.

63. **Renneville** (Constantin de). L'Inquisition française, ou l'Histoire de la Bastille. *Amsterdam et Leide*, 1724. 5 vol. in-12, fig., maroq. br., tr. dor. (*Hardy-Mennil.*)

Relié sur brochure.

64. **Retz**. Mémoires du cardinal de Retz. *Amsterdam, Bernard*, 1731. 4 vol. — Mémoires de Mme la duchesse de Nemours. *Amsterdam*, 1738. 1 vol. — Mémoires de Guy-Joly. *Amsterdam*, 1738-39. 2 vol. — Ensemble 7 vol. pet. in-8, maroq. vert, fil., tr. dor. (*Hardy-Mennil.*)

Exemplaire relié sur brochure.

65. **Ronsard**. Les Œuvres de Pierre de Ronsard, gentilhomme Vandosmois, prince des poetes françois. Reveues et augmentees et illustrees de commentaires et remarques. *Paris, N. Buon*, 1623 2 vol. in-fol., portraits par Th. de Leu (10), maroq. bleu à comp. doublé de maroq. orange, gardes en moire, tr. dor. (*Hardy-Mennil.*)

Superbe exemplaire, et très-belle reliure qui a coûté 700 francs.

66. —— Les quatre premiers livre (*sic*) de la Franciade, au roy très-chrestien Charles, neufiesme de ce nom. *Paris, Gabr.*

Buon, 1572. In-4, mar. bleu, fil., doublé de moire rouge, tr. dor. (*Hardy-Mennil.*)

Édition originale.

67. **Saint-Amant.** Les Œuvres du sieur de Saint-Amant. *Paris*, *Toussainct Quinet*, 1642. 1 vol. in-4, mar. bleu, fil., doublé de moire rouge, tr. dor.

68. **Saint-Gelais.** Œuvres poetiques de Mellin de Saint Gelais. *Lyon*, *Ant. de Harsy*, 1574. Pet. in-8, mar. rouge, tr. dor.

Magnifique exemplaire, presque non rogné, de la bonne édition, imprimée en caractères italiques.

69. **Saint-Germain.** Mémoires de M. le comte de Saint-Germain, lieutenant général des armées de France, feld-maréchal au service de S. M. le roi de Dannemark. *Amsterdam*, *Rey*, 1779. In-8, mar. rouge, fil., tr. dor. (*Hardy-Mennil.*)

70. **Sales** (Fr. de). Introduction à la vie dévote du bienheureux François de Sales..., nouvelle édition revue et corrigée par M. Silvestre de Sacy. *Paris*, *Techener*, 1860. 2 vol. in-12, mar. br., tr. dor. (*Hardy-Mennil.*)

71. **Scarron.** Œuvres de M. Scarron. *Amsterdam*, *Wetstein et Smith*, 1737. 10 vol. pet. in-12, maroq. rouge, fil., doublé de moire, tr. dor. (*Hardy-Mennil.*)

Relié sur brochure.

72. **Schrenck** (J.). Augustissimorum imperatorum, regum atque archiducum, illustrissimorum principum, necnon comitum, baronum, nobilium, clarissimorum virorum verissimæ imagines et rerum ab ipsis gestarum descriptiones, quorum arma in Ambrasianæ arcis armamentario conspiciuntur. 125 planches plus les feuillets liminaires. *Œnisponti*, *J. Agricola*, 1601. Gr. in-fol., mar. brun, tr. dor. (*Hardy-Mennil.*)

Exemplaire magnifique. Le plus beau et le plus curieux livre qui ait été publié sur les armures. Les planches ont été gravées par D. Custodis. Chaque gravure est entourée d'une riche bordure qui est toujours différente.

73. **Tabourot** (Estienne). Les bigarrures et touches du seigneur des Accords, avec les Apophtegmes du sieur Gaulard et les Escraignes dijonnoises. *Paris, Jean Richer*, 1603. 5 part. en 1 vol., in-12, figures sur bois, mar. orange, fil., tr. dor. (*Hardy-Mennil.*)

Très-bel exemplaire de la première édition complète.

74. **Terrai.** Mémoires de l'abbé Terrai, contrôleur général des finances, avec une relation de l'émeute arrivée à Paris en 1776, etc. *Londres*, 1776. In-12, mar. viol., fil., tr. dor. (*Hardy-Mennil.*)

Relié sur brochure.

75. **Théophile.** Les Œuvres de Théophile, données en trois parties, contenant l'Immortalité de l'âme, la tragédie de Pirame et Thisbé, et les pièces qu'il a faites pendant sa prison. *Paris, N. Pepingué*, 1672. 2 tomes en 1 vol., pet. in-12, mar. r., fil., tr. dor. (*Hardy-Mennil.*)

76. **Totleben.** La Vie du comte de T., ci-devant colonel au service des États Généraux des Provinces-Unies, et lieutenant général des armées de S. M. l'Impératrice de toutes les Russies. *Cologne, Pierre Marteau* (Hollande), *s. d.* (vers 1762). Pet. in-12, mar. br., fil., tr. dor. (*Hardy-Mennil.*)

Relié sur brochure.

77. **Vera** (Gérard de). Trois navigations admirables faictes par les Hollandois et Zélandois au Septentrion, les quelles ont descouvert la mer Vueigats, la nouvelle Zemble et le païs que l'on estime estre Groenlandie. *Paris, G. Chaudiere*, 1599. Pet. in-8, mar. br., fil., tr. dor. (*Hardy-Mennil.*)

Édition infiniment plus rare que celles d'Amsterdam de 1598 et 1600.

78. **Verstegan.** Theatrum Crudelitatum Hæreticorum nostri temporis. *Antverpiæ, Hadr. Hubert*, 1587. In-4, 30 gravures

en taille-douce et frontisp., mar. rouge, fil., tr. dor. (*Hardy-Mennil.*)

Recherché à cause des belles planches dont le livre est orné ; la dernière représente l'exécution de Marie Stuart.

79. **Vieilleville.** Mémoires de la vie de François de Scepeaux, sire de Vieilleville..., maréchal de France, composés par Vincent Carloix, son secrétaire. *Paris, Guérin et Delatour*, 1757. 5 vol. in-12, mar. La Vall., fil., doublé de moire, gardes en moire, tr. dor. (*Hardy-Mennil.*)

80. **Walpole.** Anecdotes of painting in England, with some account of the principal artists, and incidental notes on other arts, collected by G. Vertue. *Strawberry-Hill, Th. Farmer and Th. Kirgate*, 1762-1771. 5 vol. in-4, fig., maroq. bleu, fil., doublé de moire cramoisie, tr. dor. (*Hardy-Mennil.*)

Première édition. Très-bel exemplaire.

5632. — Paris, imprimerie Jouaust, rue Saint-Honoré, 338.

NOTICE

DE QUELQUES

BEAUX LIVRES A FIGURES

DONT LA VENTE AURA LIEU A PARIS

Le Vendredi 22 Mai 1868

A L'HOTEL DES COMMISSAIRES-PRISEURS

RUE DROUOT, N° 5, SALLE N° 4

A 2 heures de relevée

Par le ministère de Me **DELBERGUE-CORMONT**, commissaire-priseur,
8, rue de Provence

Assisté de **M. TROSS**, libraire, 5, rue Neuve-des-Petits-Champs.

Il y aura exposition publique le vendredi 22 mai (jour de la vente), de midi à deux heures.

---

81. **Emblèmes et Devises,** PAR MONSIEUR DE MONTPLAISIR. In-4, chagrin noir, tr. dor. (*Un peu mouillé.*)

Beau et précieux manuscrit, SUR PEAU DE VÉLIN, de la seconde moitié du XVIe siècle. 218 pages, ornées de 32 CHARMANTES GOUACHES peintes par *M. de Montplaisir lui-même*. Le premier feuillet porte l'intitulé et au second commence un poëme adressé à l'auteur-artiste : *A Monsieur de Montplaisir sur son liure d'Emblêmes et de Deuises. Ipse sum pictor. Il est peintre de lui-même.* Nous n'avons pas pu trouver des renseignements sur le peintre-poëte.

La reliure est ornée de beaux fermoirs armoriés en argent.

82. **Coustau.** Le Pegme de Pierre Coustau, avec les Narrations philosophiques, mis de latin en francoys par Lanteaume de

Romieu, gentilhomme d'Arles. *Lyon*, *Macé Bonhomme*, 1560. Pet. in-8, fig. en bois (dont une color.). Bordures à chaque page. Bas. gaufr. (*Première reliure.*)

83. **Boccace.** Contes et Nouvelles de Boccace. Seconde édition, dont les figures sont nouvellement gravées par les meilleurs maîtres, sur les desseins de Romain de Hooghe. *Amsterdam*, *Gaillard*, 1702. 2 vol. pet. in-8, fig. à mi-page.

Exemplaire beau d'épreuves et grand de marges. Le second volume a une légère mouillure.

84. **Amman** (Josse). Douze eaux-fortes, avec son monogramme, *I. A.*, entouré de riches bordures. Hauteur 26 centim., largeur 35 centim. In-fol., cart.

Ces 12 planches, gravées vers 1570, sont *de la plus grande rareté* (Voyez : Becker, Jost Amman). Elles représentent : 1. Les armoiries des Souverains. — 2. Adam et Ève. — 3. La réunion des Saints. — 4. Le Pape et son clergé. — 5. Les princes de l'Europe. — 6. Les maréchaux, capitaines et autres soldats avec leurs costumes. — 7. Les docteurs et étudiants. — 8. Les arts libéraux. — 9. L'Empereur d'Allemagne et les officiers de la couronne. — 10. Les armes du cardinal de Sens et les arts libéraux. — 11. L'agriculture, l'architecture, la chasse, etc. — 12. Le ciel.

85. **Porro.** Imprese illustri di diversi co i discorsi di Camillo Camilli, et con le figure intagliate in rame di Girolamo Porro. *Venetia*, *Fr. Ziletti*, 1586. 3 part., 1 vol. pet. in-4, vélin. (*Légère mouillure.*)

Avec 108 eaux-fortes, cadres et cartouches d'une riche ornementation. Selon Cicognara (Cat., n° 1870), Porro n'a peut-être rien fait de plus beau que les figures qui ornent ce livre.

86. **Machaud** (J. B.). Éloges et discours sur la triomphante Reception du Roy en sa ville de Paris après la Reduction de la Rochelle, accompagnez des figures tant des Arcs de Triomphe que des autres preparatifs, par A. Bosse, Firens et Tavernier. *A Paris*, *P. Rocolet*, 1629. In-fol. parch.

Bel exemplaire, presque non rogné.

87. **Michel de Marolles.** Tableaux du Temple des Muses, tirez du cabinet de Mr. Favereau, avec les descriptions, etc. *Paris, N. L'Anglois*, 1655. In-fol., vélin cordé et doré, tr. dorée.

Exemplaire superbe, avec les belles planches de A. v. Diepenbeke, gravées par Bloemaert, et des planches semblables ajoutées (d'après le même artiste?), parmi lesquelles on trouve des *épreuves d'artiste inachevées*, le *dessin original du titre* (au crayon), avec des différences, etc.; le tout au nombre de 94. L'estampe de Salmacis est du second état (par Poilly?).

88. **Le Brun** (Ch.). La grande galerie de Versailles et les deux salons qui l'accompagnent, dessinés par J. B. Massé. *Paris*, 1752. Gr. in-fol., d.-rel.

Exemplaire peut-être unique, composé de 94 planches au lieu de 52, PARCE QU'IL CONTIENT LES EAUX-FORTES ET LES CONTRE-ÉPREUVES D'UN GRAND NOMBRE DE CES PIÈCES. Presque toutes les épreuves sont *avant la lettre*, et le volume est sans taches de rousseur.

89. **Heré** (E.). Recueil des plans, élévations et coupes, tant géométrales qu'en perspective, des châteaux, jardins et dépendances que le Roi de Pologne occupe en Lorraine. — Plans et élévations de la place royale de Nancy et des édifices qui l'environnent. *Paris, François*, 1753. 3 vol. gr. in-fol., fig., cart., non rogné.

90. **Recueil de cent estampes diverses**, sujets et paysages, gravées d'après les tableaux et dessins des plus grands peintres italiens, flamands, hollandois et françois, par François Basan, ou sous sa direction. *A Paris, chez l'Auteur, s. d.* 6 vol. in-fol. max., cartonné, dos de maroq., non rogné.

Collection de la plus grande rareté, dont nous ne trouvons la description nulle part. C'est une collection de gravures dont Basan possédait les planches. Si les planches étaient détériorées, il s'est servi d'anciennes épreuves qu'il a fait encadrer dans le même papier qui a servi au tirage des autres.

Le 1er volume contient 100 gravures, sur 89 feuillets, par Basan, Beauvarlet, Daullé, Meliny et autres.

Le 2e volume, 137 gravures sur 96 feuilles, par Drevet, Basan,

Punt, Pelletier, J. Visscher, G. Valck, Bolswert, Le Bas et autres.

Le 3e volume, 92 gravures sur 74 feuilles, par Voyez, Beaumont, Basan, Littret, Malœuvre, Henriquez, Fillœul et autres.

Le 4e volume, 100 gravures sur 71 feuilles, par Rousselet, M. Corneille, Poilly, André Paul, Hollar, Blomært, S. Le Clerc, Boissieux, Desplaces, Flipart, Derrey et autres.

Le 5e volume, 100 gravures sur 79 feuilles, parmi lesquelles il s'en trouve une quantité d'après Dietericy, Wagner, Boucher, Vernet, Loutherbourg, etc.

Le 6e volume, 97 gravures sur 80 planches, par Lepicié, Lucas, Le Veau, Yorma, Tanjé, Soubeyran, Dupin, Le Carpentier, Lainé, Basseporte, Moreau, Hucquier et autres.

Chaque volume a un titre imprimé en caractères mobiles.

91. **Liber psalmorum**, cum Canticis et Hymnis, jussu Reginæ Matris impressus. *Parisiis*, *Abel Langelier*, 1586. Gr. in-12, maroq. olive, à riche compart., tr. dor., ferm. en argent.

Ce livre se compose d'un titre gravé représentant un portique surmonté des armes de la reine Catherine de Médicis, et accompagné de personnages allégoriques. Entre ce titre et le premier feuillet chiffré se trouvent deux gravures charmantes : l'une est la reine sous la figure de sainte Catherine, l'autre est le roi Henri II sous celle du roi David; leur monogramme, *D C* entrelacés, est gravé sur tous les cartouches. Suivent 412 feuillets chiffrés, plus 8 feuillets non chiffrés pour la table. Ce psautier est supérieurement imprimé; les titres et les lettres initiales sont en rouge; l'exemplaire est lavé, réglé.

Ce beau livre est relié d'une façon splendide en maroquin olive foncé, surchargé de dorures représentant une suite régulière d'ovales formés par des feuillages. Ces ovales sont alternativement remplis par des D *entrelacés, par des flammes du Saint-Esprit et par des* S *barrés.* On reconnaît immédiatement une de ces reliures de la fin du XVIe siècle, destinées aux personnages les plus marquants de la cour de Henri III.

Celle-ci a été exécutée pour DIANE DE FRANCE, FILLE LÉGITIMÉE DE HENRI II, et successivement mariée à Horace Farnèse, duc de Castro, tué à la prise d'Hesdin en 1563, et en secondes noces au jeune duc François de Montmorency, fils du Connétable, auquel elle survécut encore de longues années, n'étant morte qu'en 1619, à l'âge de 81 ans.

Il faut lire l'article que M. Villenave lui a consacré dans la Biographie universelle, pour avoir une idée de l'importance qu'eut dans les affaires de son temps Madame Diane de France, duchesse d'Angoulesme, douairière de Montmorency. Adorant la famille de Valois, attachée surtout à son frère Henri III, elle ne l'abandonna jamais dans ses revers; ce fut elle qui, après le meurtre des Guise, négocia la réunion de Henri III avec le roi de Navarre; aussi l'État lui dut son salut, et la maison de Bourbon la couronne de France. Henri IV la consultait souvent, lui témoignait la plus sincère estime : « *Madame*, lui disait-il, *je crois plus à votre parole qu'à mille pages d'écriture.* »

Parmi ses contemporains, celui qui en fait le portrait le plus original, et probablement le plus fidèle, est Brantôme. Nous ne pouvons nous défendre de citer ici quelques passages de l'article qu'il lui a consacré :

« Je ne veux oublier Madame Diane de France, laquelle, bien « qu'elle soit bastarde et naturelle, pourtant nous la pouvons « mettre au rang des filles de France d'autant qu'elle a esté « advouée du feu roy Henry son père, et légitimée, et puis par- « tagée et appanagée comme une fille de France; car elle eut la « duché de Chastelleraut, et puis la quitta pour estre duchesse « d'Angoulesme, dont elle retient astheure le nom; elle a eu tous « les priviléges qu'ont les filles de France, jusques à entrer au « cabinet et aux affaires des roys ses frères, et mesme des roys « Charles et Henry troisiesme, car je l'ay veu, comme si elle fust « esté leur sœur propre, et qui l'aymoient tout de mesme; aussi « avoit-elle beaucoup de la ressemblance du roy Henry son « père, tant pour les traits du visage que pour les mœurs et « actions, et tous autres exercices qu'il aymoit, fust-ce des armes, « de la chasse et des chevaux; car je pense qu'il n'est pas possible « que jamais dame ait esté mieux à cheval qu'elle, ny de meilleure « grace . . . .

« et toujours pour bailler plus beau lustre, estoit fort bien ac- « coustrée d'un fort beau et riche habillement de cheval, sans « oublier sur tout le chappeau bien garny de plumes, et à la guelfe « porté. Ah! que c'est dommage lors que la vieillesse vient à « gaster ces beautez et desbaucher telles vertus ; car elle a meshuy « laissé tout cela, et quitté ces beaux exercices, comme elle a « faict la chasse et tous les autres qui lui siéoient tant, car jamais « rien ne luy fut malséant en tous ses gestes et ses mœurs, ainsy « que le Roy son père, y prenant peine et plaisir. Pour le bal, « pour la danse, elle y estoit fort accomplie, en quelque danse « que ce fust, qu'elle fust grave ou fort gaye. Elle chantoit « bien, jouait bien du luth et d'autres instrumens. Bref, elle estoit « bien la fille du père en cela comme elle est en bonté, car elle « est fort bonne, et qui ne fait point de déplaisir à personne, « encore qu'elle aye le cœur haut et grand, et l'âme fort géné- « reuse, sage et fort vertueuse, et qui a fort honnoré et aymé « messieurs ses marys... »

Jamais elle ne se consola de la mort de son frère Henri III, et ne pouvons-nous pas supposer qu'elle a souvent arrosé de ses larmes les pages de ce psautier, vénérable confident des ferventes prières qu'elle dut adresser au ciel? C'est elle qui obtint de Louis XIII, septième roi qu'elle voyait sur le trône de France, la translation à Saint-Denis des restes de Henri III et de Catherine de Médicis.

Son magnifique hôtel, décoré dans le style de la Renaissance, existe encore à Paris, dans la rue Pavée. Mais, triste retour des grandeurs de la terre, l'hôtel de Diane de France, duchesse d'Angoulesme et de Montmorency, plus tard résidence de l'honorable maison de Lamoignon, appartenait naguère à un marchand de toiles, nommé M. Pruneau, et plus de vingt petits locataires s'en partageaient la jouissance!

En face d'un passé si complétement effacé et relégué dans le lointain des souvenirs, on doit comprendra l'intérêt qui s'attache à la conservation de ce très-précieux volume.

ORDRE DE LA VACATION

1—91.

Dans notre **Catalogue de Livres à figures**, *à la vacation du 12 mai, hôtel Drouot, salle n° 4, se trouve sous le numéro :*

894. Pompe funèbre de Charles III, duc de Lorraine, faite à Nancy (1608). Le tout gravé en plusieurs estampes par Frédéric Brentel, sur les dessins de Claude La Ruel. Les 10 grands tables. — Pourtraict du lit. — Pourtraict de la chambre. — — Pourtraict de l'effigie. — Pourtraict de l'assiette. — Pourtraict do l'enterrement. — Pourtraict de deux chapelles ardentes. — Pourtraict des armoiries. — Comme le prince Henri II fut convoyé. — (*Ces planches avec le texte imprimé en caract. mobiles.*) — Le grand Convoi de l'enterrement, 48 planches.

Le propriétaire de la collection nous a fait encore remettre les planches suivantes :

Pourtraict de la sale d'honneur. — Pourtraict du service de table fait à la Royale. — Pourtraict de la sale funèbre, — *qui seront vendues avec le n°* 894. — Il manquo donc une seule des grandes planches, celle qui représente : Le Pourtraict des quatre chevaux.

Paris, imprimerie Jouaust, rue Saint-Honoré, 338.

1868. 22 Mai

NOTICE

DE QUELQUES

BEAUX LIVRES A FIGURES

DONT LA VENTE AURA LIEU A PARIS

Le Vendredi 22 Mai 1868

A L'HOTEL DES COMMISSAIRES-PRISEURS

RUE DROUOT, N° 5, SALLE N° 4

A 2 heures de relevée

Par le ministère de Me **DELBERGUE-CORMONT**, commissaire-priseur,
8, rue de Provence

Assisté de **M. TROSS**, libraire, 5, rue Neuve-des-Petits-Champs.

Il y aura exposition publique le vendredi 22 mai (jour de la vente), de midi à deux heures.

---

81. **Emblèmes et Devises,** PAR MONSIEUR DE MONTPLAISIR. In-4, chagrin noir, tr. dor. (*Un peu mouillé.*)

Beau et précieux manuscrit, SUR PEAU DE VÉLIN, de la seconde moitié du XVIe siècle. 218 pages, ornées de 32 CHARMANTES GOUACHES peintes par *M. de Montplaisir lui-même*. Le premier feuillet porte l'intitulé et au second commence un poëme adressé à l'auteur-artiste. *A Monsieur de Montplaisir sur son liure d'Emblêmes et de Deuises. Ipse sum pictor. Il est peintre de lui-même.* Nous n'avons pas pu trouver des renseignements sur le peintre-poëte.

La reliure est ornée de beaux fermoirs armoriés en argent.

82. **Coustau.** Le Pegme de Pierre Coustau, avec les Narrations philosophiques, mis de latin en francoys par Lanteaume de

Romieu, gentilhomme d'Arles. *Lyon, Macé Bonhomme*, 1560. Pet. in-8, fig. en bois (dont une color.). Bordures à chaque page. Bas. gaufr. (*Première reliure.*)

83. **Boccace.** Contes et Nouvelles de Boccace. Seconde édition, dont les figures sont nouvellement gravées par les meilleurs maîtres, sur les desseins de Romain de Hooghe. *Amsterdam, Gaillard*, 1702. 2 vol. pet. in-8, fig. à mi-page.

Exemplaire beau d'épreuves et grand de marges. Le second volume a une légère mouillure.

84. **Amman** (Josse). Douze eaux-fortes, avec son monogramme, *I. A.*, entouré de riches bordures. Hauteur 26 centim., largeur 35 centim. In-fol., cart.

Ces 12 planches, gravées vers 1570, sont *de la plus grande rareté* (Voyez : Becker, Jost Amman). Elles représentent : 1. Les armoiries des Souverains. — 2. Adam et Ève. — 3. La réunion des Saints. — 4. Le Pape et son clergé. — 5. Les princes de l'Europe. — 6. Les maréchaux, capitaines et autres soldats avec leurs costumes. — 7. Les docteurs et étudiants. — 8. Les arts libéraux. — 9. L'Empereur d'Allemagne et les officiers de la couronne. — 10. Les armes du cardinal de Sens et les arts libéraux. — 11. L'agriculture, l'architecture, la chasse, etc. — 12. Le ciel.

85. **Porro.** Imprese illustri di diversi co i discorsi di Camillo Camilli, et con le figure intagliate in rame di Girolamo Porro. *Venetia, Fr. Ziletti*, 1586. 3 part., 1 vol. pet. in-4, vélin. (*Légère mouillure.*)

Avec 108 eaux-fortes, cadres et cartouches d'une riche ornementation. Selon Cicognara (Cat., n° 1870), Porro n'a peut-être rien fait de plus beau que les figures qui ornent ce livre.

86. **Machaud** (J. B.). Éloges et discours sur la triomphante Reception du Roy en sa ville de Paris après la Reduction de la Rochelle, accompagnez des figures tant des Arcs de Triomphe que des autres preparatifs, par A. Bosse, Firens et Tavernier. *A Paris, P. Rocolet*, 1629. In-fol. parch.

Bel exemplaire, presque non rogné.

87. **Michel de Marolles.** Tableaux du Temple des Muses, tirez du cabinet de Mr. Favereau, avec les descriptions, etc. *Paris*, *N. L'Anglois*, 1655. In-fol., vélin cordé et doré, tr. dorée.

Exemplaire superbe, avec les belles planches de A. v. Diepenbeke, gravées par Bloemaert, et des planches semblables ajoutées (d'après le même artiste?), parmi lesquelles on trouve des *épreuves d'artiste inachevées*, le *dessin original du titre* (au crayon), avec des différences, etc.; le tout au nombre de 94. L'estampe de Salmacis est du second état (par Poilly?).

88. **Le Brun** (Ch.). La grande galerie de Versailles et les deux salons qui l'accompagnent, dessinés par J. B. Massé. *Paris*, 1752. Gr. in-fol., d.-rel.

Exemplaire peut-être unique, composé de 94 planches au lieu de 52, PARCE QU'IL CONTIENT LES EAUX-FORTES ET LES CONTRE-ÉPREUVES D'UN GRAND NOMBRE DE CES PIÈCES. Presque toutes les épreuves sont *avant la lettre*, et le volume est sans taches de rousseur.

89. **Heré** (E.). Recueil des plans, élévations et coupes, tant géométrales qu'en perspective, des châteaux, jardins et dépendances que le Roi de Pologne occupe en Lorraine. — Plans et élévations de la place royale de Nancy et des édifices qui l'environnent. *Paris*, *François*, 1753. 3 vol. gr. in-fol., fig., cart., non rogné.

90. **Recueil de cent estampes diverses**, sujets et paysages, gravées d'après les tableaux et dessins des plus grands peintres italiens, flamands, hollandois et françois, par François Basan, ou sous sa direction. *A Paris*, *chez l'Auteur*, *s. d.* 6 vol. in-fol. max., cartonné, dos de maroq., non rogné.

Collection de la plus grande rareté, dont nous ne trouvons la description nulle part. C'est une collection de gravures dont Basan possédait les planches. Si les planches étaient détériorées, il s'est servi d'anciennes épreuves qu'il a fait encadrer dans le même papier qui a servi au tirage des autres.

Le 1er volume contient 100 gravures, sur 89 feuillets, par Basan, Beauvarlet, Daullé, Meliny et autres.

Le 2e volume, 137 gravures sur 96 feuilles, par Drevet, Basan,

Punt, Pelletier, J. Visscher, G. Valck, Bolswert, Le Bas et autres.

Le 3e volume, 92 gravures sur 74 feuilles, par Voyez, Beaumont, Basan, Littret, Malœuvre, Henriquez, Fillœul et autres.

Le 4e volume, 100 gravures sur 71 feuilles, par Rousselet, M. Corneille, Poilly, André Paul, Hollar, Blomært, S. Le Clerc, Boissieux, Desplaces, Flipart, Derrey et autres.

Le 5e volume, 100 gravures sur 79 feuilles, parmi lesquelles il s'en trouve une quantité d'après Dietericy, Wagner, Boucher, Vernet, Louthcrbourg, etc.

Le 6e volume, 97 gravures sur 80 planches, par Lepicié, Lucas, Le Veau, Yorma, Tanjé, Soubeyran, Dupin, Le Carpentier, Lainé, Basseporte, Moreau, Hucquier et autres.

Chaque volume a un titre imprimé en caractères mobiles.

91. **Liber psalmorum**, cum Canticis et Hymnis, jussu Reginæ Matris impressus. *Parisiis*, *Abel Langelier*, 1586. Gr. in-12, maroq. olive, à riche compart., tr. dor., ferm. en argent.

Ce livre se compose d'un titre gravé représentant un portique surmonté des armes de la reine Catherine de Médicis, et accompagné de personnages allégoriques. Entre ce titre et le premier feuillet chiffré se trouvent deux gravures charmantes : l'une est la reine sous la figure de sainte Catherine, l'autre est le roi Henri II sous celle du roi David; leur monogramme, *D C* entrelacés, est gravé sur tous les cartouches. Suivent 412 feuillets chiffrés, plus 8 feuillets non chiffrés pour la table. Ce psautier est supérieurement imprimé; les titres et les lettres initiales sont en rouge; l'exemplaire est lavé, réglé.

Ce beau livre est relié d'une façon splendide en maroquin olive foncé, surchargé de dorures représentant une suite régulière d'ovales formés par des feuillages. Ces ovales sont alternativement remplis par des D *entrelacés, par des flammes du Saint-Esprit et par des* S *barrés.* On reconnaît immédiatement une de ces reliures de la fin du XVIe siècle, destinées aux personnages les plus marquants de la cour de Henri III.

Celle-ci a été exécutée pour Diane de France, fille légitimée de Henri II, et successivement mariée à Horace Farnèse, duc de Castro, tué à la prise d'Hesdin en 1563, et en secondes noces au jeune duc François de Montmorency, fils du Connétable, auquel elle survécut encore de longues années, n'étant morte qu'en 1619, à l'âge de 81 ans.

Il faut lire l'article que M. Villenave lui a consacré dans la Biographie universelle, pour avoir une idée de l'importance qu'eut dans les affaires de son temps Madame Diane de France, duchesse d'Angoulesme, douairière de Montmorency. Adorant la famille de Valois, attachée surtout à son frère Henri III, elle ne l'abandonna jamais dans ses revers; ce fut elle qui, après le meurtre des Guise, négocia la réunion de Henri III avec le roi de Navarre; aussi l'État lui dut son salut, et la maison de Bourbon la couronne de France. Henri IV la consultait souvent, lui témoignait la plus sincère estime : « *Madame,* lui disait-il, *je crois plus à votre parole qu'à mille pages d'écriture.* »

Parmi ses contemporains, celui qui en fait le portrait le plus original, et probablement le plus fidèle, est Brantôme. Nous ne pouvons nous défendre de citer ici quelques passages de l'article qu'il lui a consacré :

« Je ne veux oublier Madame Diane de France, laquelle, bien « qu'elle soit bastarde et naturelle, pourtant nous la pouvons « mettre au rang des filles de France d'autant qu'elle a esté « advouée du feu roy Henry son père, et légitimée, et puis par- « tagée et appanagée comme une fille de France; car elle eut la « duché de Chastelleraut, et puis la quitta pour estre duchesse « d'Angoulesme, dont elle retient astheure le nom; elle a eu tous « les priviléges qu'ont les filles de France, jusques à entrer au « cabinet et aux affaires des roys ses frères, et mesme des roys « Charles et Henry troisiesme, car je l'ay veu, comme si elle fust « esté leur sœur propre, et qui l'aymoient tout de mesme; aussi « avoit-elle beaucoup de la ressemblance du roy Henry son « père, tant pour les traits du visage que pour les mœurs et « actions, et tous autres exercices qu'il aymoit, fust-ce des armes, « de la chasse et des chevaux; car je pense qu'il n'est pas possible « que jamais dame ait esté mieux à cheval qu'elle, ny de meilleure « grace . . . .
« et toujours pour bailler plus beau lustre, estoit fort bien ac- « coutrée d'un fort beau et riche habillement de cheval, sans « oublier sur tout le chappeau bien garny de plumes, et à la guelfe « porté. Ah! que c'est dommage lors que la vieillesse vient à « gaster ces beautez et desbaucher telles vertus; car elle a meshuy « laissé tout cela, et quitté ces beaux exercices, comme elle a « faict la chasse et tous les autres qui lui siéoient tant, car jamais « rien ne luy fut malséant en tous ses gestes et ses mœurs, ainsy « que le Roy son père, y prenant peine et plaisir. Pour le bal, « pour la danse, elle y estoit fort accomplie, en quelque danse « que ce fust, qu'elle fust grave ou fort gaye. Elle chantoit « bien, jouait bien du luth et d'autres instrumens. Bref, elle estoit « bien la fille du père en cela comme elle est en bonté, car elle « est fort bonne, et qui ne fait point de déplaisir à personne, « encore qu'elle aye le cœur haut et grand, et l'âme fort géné- « reuse, sage et fort vertueuse, et qui a fort honnoré et aymé « messieurs ses marys... »

Jamais elle ne se consola de la mort de son frère Henri III, et ne pouvons-nous pas supposer qu'elle a souvent arrosé de ses larmes les pages de ce psautier, vénérable confident des ferventes prières qu'elle dut adresser au ciel? C'est elle qui obtint de Louis XIII, septième roi qu'elle voyait sur le trône de France, la translation à Saint-Denis des restes de Henri III et de Catherine de Médicis.

Son magnifique hôtel, décoré dans le style de la Renaissance, existe encore à Paris, dans la rue Pavée. Mais, triste retour des grandeurs de la terre, l'hôtel de Diane de France, duchesse d'Angoulesme et de Montmorency, plus tard résidence de l'honorable maison de Lamoignon, appartenait naguère à un marchand de toiles, nommé M. Pruneau, et plus de vingt petits locataires s'en partageaient la jouissance!

En face d'un passé si complétement effacé et relégué dans le lointain des souvenirs, on doit comprendra l'intérêt qui s'attache à la conservation de ce très-précieux volume.

ORDRE DE LA VACATION

1—91.

Dans notre **Catalogue de Livres à figures,** *à la vacation du* **12** *mai, hôtel Drouot, salle n° 4, se trouve sous le numéro :*

894. Pompe funèbre de Charles III, duc de Lorraine, faite à Nancy (1608). Le tout gravé en plusieurs estampes par Frédéric Brentel, sur les dessins de Claude La Ruel. Les 10 grands tables. — Pourtraict du lit. — Pourtraict de la chambre. — — Pourtraict de l'effigie. — Pourtraict de l'assiette. — Pourtraict de l'enterrement. — Pourtraict de deux chapelles ardentes. — Pourtraict des armoiries. — Comme le prince Henri II fut convoyé. — (*Ces planches avec le texte imprimé en caract. mobiles.*) — Le grand Convoi de l'enterrement, 48 planches.

Le propriétaire de la collection nous a fait encore remettre les planches suivantes :

Pourtraict de la sale d'honneur. -- Pourtraict du service de table fait à la Royale. — Pourtraict de la sale funèbre, — *qui seront vendues avec le n°* 894.— Il manque donc une seule des grandes planches, celle qui représente : Le Pourtraict des quatre chevaux.

Paris, imprimerie Jouaust, rue Saint-Honoré, 338

www.ingramcontent.com/pod-product-compliance
Ingram Content Group UK Ltd.
Pitfield, Milton Keynes, MK11 3LW, UK
UKHW021116290826
14628UKWH00014B/2598

9 782329 434018